MEDO DO ESCURO

Esta edição contém o mesmo texto ficcional das edições anteriores

Medo do escuro

Texto © Antonio Carlos Pacheco, 1983

Diretoria de conteúdo e inovação pedagógica Mário Ghio Júnior
Diretoria editorial Lidiane Vivaldini Olo
Gerência editorial Paulo Nascimento Verano
Edição Elza Mendes

Arte
Ricardo de Gan Braga (superv.), Soraia Pauli Scarpa (coord.) e Thatiana Kalaes (assist.)
Projeto gráfico Thatiana Kalaes

Revisão
Hélia de Jesus Gonsaga (ger.), Rosângela Muricy (coord.), Gabriela Macedo de Andrade e Brenda Morais e Barbara Molnar (estagiárias)

Iconografia
Silvio Kligin (superv.), Cesar Wolf e Fernanda Crevin (tratamento de imagem)

CIP-BRASIL. CATALOGAÇÃO NA FONTE
SINDICATO NACIONAL DOS EDITORES DE LIVROS, RJ

P117m
17. ed.

Pacheco, Antonio Carlos
Medo do escuro / Antonio Carlos Pacheco; ilustração Omar Grassetti.
– 17. ed. - São Paulo: Ática, 2015.
32 p.: il.; (Pique)
ISBN 978-85-08-17201-6

1. Medo - Literatura infantojuvenil. 2. Literatura infantojuvenil brasileira.
I. Grassetti, Omar. II. Título. III. Série.

15-21398 CDD: 028.5
CDU: 087.5

Código da obra CL 739026
CAE 549421

2017
17ª edição
5ª impressão
Impressão e acabamento: Edições Loyola

editora ática
Direitos desta edição cedidos à Editora Ática S.A., 2015
Avenida das Nações Unidas, 7221
Pinheiros – São Paulo – SP – CEP 05425-902
Tel.: 4003-3061 / atendimento@atica.com.br
www.atica.com.br

Este livro foi selecionado para o acervo permanente da Biblioteca Internacional para a Juventude, de Munique, Alemanha, 1985.

ANTONIO CARLOS PACHECO

MEDO DO ESCURO

Ilustrações
OMAR GRASSETTI

SÉRIE PIQUE

editora ática

ERA UMA VEZ UMA ESTRELA
QUE TINHA MEDO DO ESCURO.

– IMAGINE! – DIZIA A MÃE, UMA ESTRELA GRANDE E BRILHANTE.

– ISSO É POSSÍVEL?!

– IMAGINE! – EXCLAMAVA O PAI, UM ESTRELÃO DOS MAIS RESPEITADOS.

– IMAGINE! – REPETIA O SOL,
O CHEFE DE TODAS AS ESTRELAS.

MAS O CASO É QUE AQUELA ESTRELA TINHA MEDO DO ESCURO.

ELA FICAVA O TEMPO TODO DENTRO DAS NUVENS, COM A LUZ ACESA E VENDO TELEVISÃO.

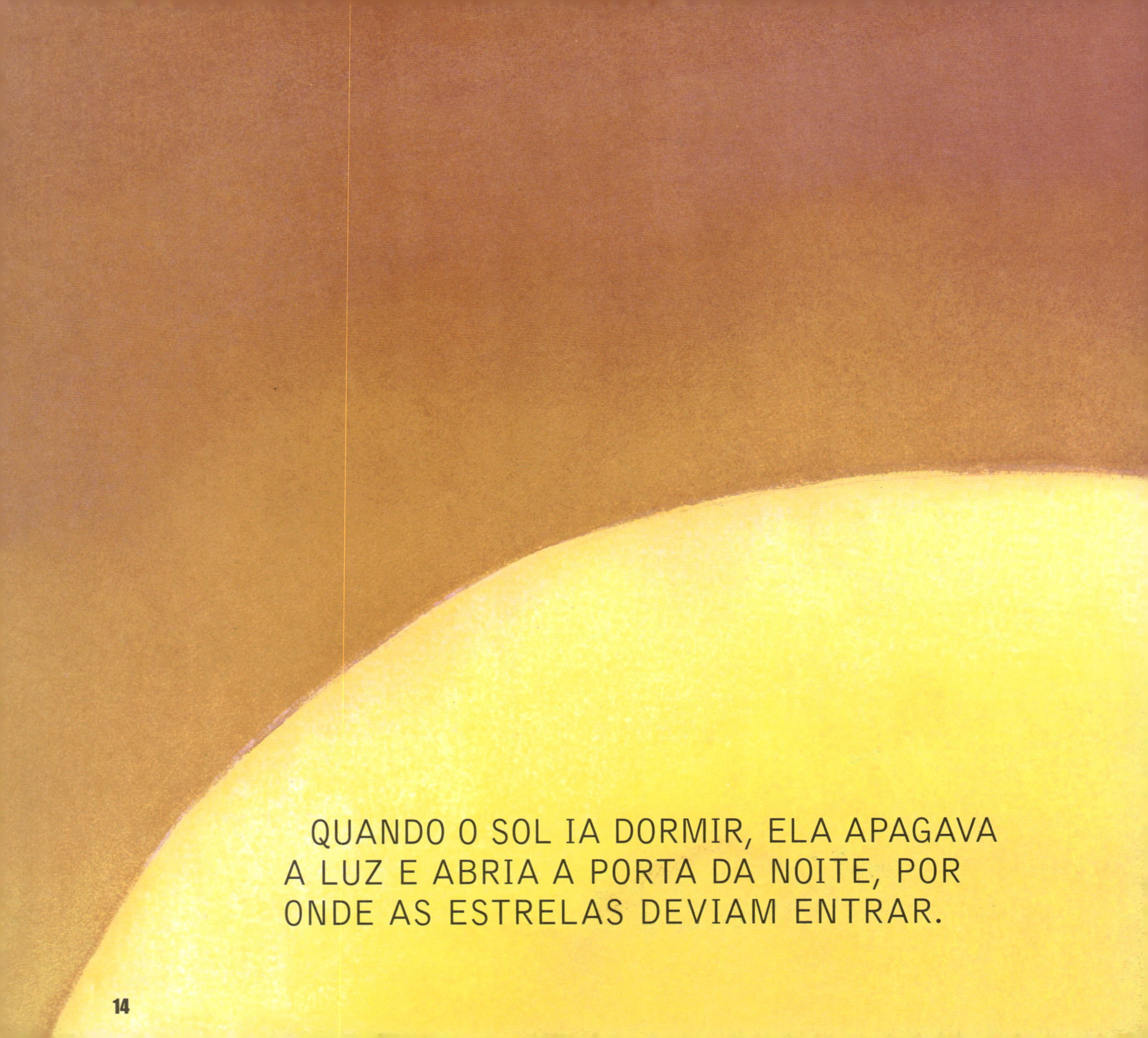

QUANDO O SOL IA DORMIR, ELA APAGAVA A LUZ E ABRIA A PORTA DA NOITE, POR ONDE AS ESTRELAS DEVIAM ENTRAR.

– VAMOS – DIZIA A MÃE DA ESTRELINHA.

– VAMOS – REPETIAM AS OUTRAS ESTRELAS.

– VAMOS! – ORDENAVA O ESTRELÃO, COM SUA VOZ GROSSA.

MAS ELA NÃO IA.

FICAVA A LUZ ACESA, ÀS VEZES CHUPANDO O DEDO, COM MUITO MEDO DO ESCURO.

ENTÃO, CHAMARAM A LUA.

A LUA ERA ASSIM MUITO JEITOSA PARA FALAR COM AS ESTRELINHAS.

SABIA CONTAR HISTÓRIAS.

SABIA FALAR MACIO, NUMA VOZ QUE PARECIA MÚSICA.

E ELA FOI FALAR COM A ESTRELA QUE TINHA MEDO DO ESCURO.

– VAMOS? – CHAMOU.

E CHAMOU DE UM JEITO DOCE.

A ESTRELINHA OLHOU PRA LUA.

MAS NÃO SE MEXEU.

– OLHA... – DISSE A LUA – VOCÊ É UMA ESTRELA. E AS ESTRELAS DEVEM BRILHAR.

– MAS EU TENHO MEDO DO ESCURO! – DISSE A ESTRELINHA.

– MAS O ESCURO É QUE FOGE DE VOCÊ – DISSE A LUA.

– COMO ASSIM? – PERGUNTOU A ESTRELINHA.

– QUER VER? – DISSE A LUA.

E TOMOU A ESTRELINHA PELA
MÃO E SAIU DO MEIO DAS NUVENS
E ENTROU PELA PORTA DA NOITE.

A ESTRELINHA IA ANDANDO E, COMO NÃO PODIA DEIXAR DE BRILHAR, O ESCURO IA FICANDO CADA VEZ MAIS LONGE.

QUANTO MAIS ELA ANDAVA, PARA MAIS LONGE O ESCURO IA.

– EU NÃO DISSE? – FALOU A LUA. – O ESCURO FOGE DE VOCÊ.

A ESTRELINHA SORRIU.
E NÃO TEVE MAIS MEDO.

Funcionário do Ministério Público, do qual está aposentado desde 2009, ANTONIO CARLOS PACHECO sempre encontrava um tempinho para contar histórias para os seus filhos quando pequenos. Costumava pegar os livros ou os bonecos das crianças e inventar personagens, dando-lhes voz e personalidade. Um dia resolveu participar de um concurso de literatura infantil e obteve o segundo lugar na classificação. *Medo do escuro* era uma das histórias que faziam parte dos escritos enviados. Para conseguir a linguagem adequada, ao criar Antonio Carlos imagina ter ao seu lado um pequeno leitor ouvindo a história. Segundo ele, ao contar histórias, é preciso ter sensibilidade, respeitar o mundo da criança e, ao mesmo tempo, passar a ela confiança e esperança.

OMAR GRASSETTI diz que desde criança era fascinado pelas cores. Iniciou sua formação artística frequentando estúdios de quadrinhos e de desenho animado. Trabalhou por vários anos como diretor de arte, capista e ilustrador de conhecidas revistas brasileiras. Atualmente, Omar se dedica à ilustração de livros, à pintura e à escultura. Em seu estúdio-oficina, entre projetos de modelos de aviões e madeiras para xilogravura, ele ainda ministra aulas de pintura, de desenho e de caligrafia.